Infantiles Peruanos

Vol. 3

Eduardo Méndez

Contents

Dedicatoria

Estos cuentos están dedicados a todos los niños del mundo, en especial a los niños de Puerto Rico, Perú y Estados Unidos. Así, como en los personajes de este libro les prometo que con honestidad, mucha lectura, estudio, amor por el prójimo y trabajo van a alcanzar sus sueños en este nuevo mundo multicultural y lleno de aventuras por vivir.

Introducción

Noviembre 6 2012

Los cuentos infantiles peruanos, están basados en leyendas tradicionales. Los niños de todas partes del mundo conocerán a un país diverso con una identidad única. Gran parte de su cultura se debe a los principios morales, establecidos por los Incas. Y sus principios religiosos que están basados en la religión católica. Perú es cultura viva.

El propósito de publicar estos cuentos infantiles es promover la lectura en todos los niños de distintas edades. Esperando que ellos en su joven creatividad, también se conviertan en escritores en la escena literaria peruana. Es desde la niñez que se empieza leyendo cuentos sanos, lleno de valores. Así de adultos serán personas culturalmente valiosas para nuestra nación

Cuando todavía yo era un niño mi padre Eduardo Méndez Milla me narraba cuentos y leyendas de los indios y de los conquistadores. Me contaba que a la llegada de los españoles al Perú. El indio peruano que por su naturaleza es muy trabajador y creativo se adaptó a la cultura Ibérica. Mi madre admiraba a mi padre y los dos siempre estaban cantando. Mi hogar estaba lleno de valores y amores. Los problemas cotidianos se resolvían buscando soluciones, evitando siempre discusiones. Para mí; mi padre era mi héroe, hombre curtido por el fragor del Sol y el trabajo. A los 17 años ya él era timonel de veleros de carga, viajando a los Estados Unidos y Canadá. En barcos de vapor hizo su segundo viaje llegando hasta Marruecos, Holanda y Dinamarca. A los 24 años hizo su tercer viaje pasando por África, Madagascar India, Australia, Nueva Zelandia; llegando a Lima en 1926.Habia dado la vuelta al mundo. Conociendo tantos países con diversas culturas, creó en él interés de escribir y narrar leyendas, fantásticas de ficción, para distracción de los niños en la década de los años 40.

Años más tarde empecé yo a escribir tratando de seguir sus enseñanzas. Recuerdo que una vez me dijo: Hijo aprende del que sabe más que tú y enseña y educa con valores a las personas que saben menos que tú.

Eduardo Méndez

Las Lágrimas del Inca

Los indios que vivían en los valles del rio marañón en la selva amazónica, en donde trabajaban en la agricultura produciendo variedad de árboles frutales, eran servidores del inca **Sinchi Roca**. Este, antes de morir llamó a su hijo primogénito llamado **Yoqui Yupanqui** y le dijo; - Cuida de estos valles que son enriquecidos con los rayos del sol, la luna, las estrellas y la lluvia. En este lugar se producen los mejores frutos de la tierra. Aquí hay vida, felicidad, alegría –

El príncipe, después que su padre murió, cumplió con las ordenanzas y se dedicaba a trabajar en los valles pero se sentía solo y olvidado.

El príncipe recorría y administraba estos valles montado en una Llama. En su camino conoció a una hermosa india, hija del cacique brujo **Yamuco**. El inca llamó por su nombre a ésta hermosa mujer y le dijo; - **Miosotis** eres muy linda, quiero pasear contigo por las praderas para que disfrutes de los hermosos valles donde la brisa y el verdor de las palmeras acariciarán nuestro amor. Nuestro sol, la Luna y las estrellas bendecirán esta unión -

El padre de la joven no quería esta unión y con rabia y envidia llamó a los monstros montunos para que lo separen y quemen los valles alejando al inca Yupanqui. El inca y sus guerreros lucharon contra estos demonios pero ellos con sus poderosas garras destruyeron las casas y quemaron los valles. El amor de Miosotis era tan intenso que abrazó a su amado y prefirió quedarse con él. Esto enfureció al cacique brujo que juró vengarse. Cuando estos dos jóvenes cruzaban por el puente del rio marañón, aguas torrenciales cubrieron el puente. Miosotis perdió el balance cayendo al rio. Las tormentosas aguas se la llevaron dejando entristecido a su amado. Era tanto su dolor que el Inca empezó a llorar. Al caer sus lágrimas se convertían en granos de maíz que cuando llegaban a la orilla empezaban a germinar.

De pronto, entre truenos y relámpagos se escuchaba una voz misteriosa. Era Huari dios de la agricultura que le dijo a Yupanqui;

- No sufras. No te atormentes. Cuando crezca este maíz y produzcan mazorcas seguirán trabajando sembrando este grano peregrino en los valles que quemaron los montunos y también cultivaran otros frutos. Yo les enviare lluvia y abono para volver empezar y ustedes serán felices. Existirá la alegría por que regresara el amor –

Pasaron muchos días y el novedoso maíz empezó a sembrarse en todo el imperio. Aun así el inca seguía esperando a su amada. Cuando de pronto entre las plantas, caminando iluminada venia **Miosotis**, con vestidura llena de flores a encontrarse con su amado. Ella lo abrazó y lo besó diciéndole; - quiero que éste amor sea eterno –

- Así lo deseo - dijo el inca

Ella lo cogió de la mano y caminando por entre los maizales se le cayó una flor de su hermosa vestidura al suelo. Al instante se convirtió en una planta que envolvió el maíz con sus flexibles ramas. Todos los súbditos del inca se sorprendieron de esta unión tan hermosa. De esta unión infinita. Por este regalo de **Huari** los indios llamaron a esas flores **Miosotis, la flor del amor**.

31 Presidiarios

Era el verano de 1943, un poderoso terremoto destruyó gran parte de los pueblos del Callejón de Huaylas (llamado así por las tribus de indios que existieron en ésta área) en la cordillera de los Andes, donde asentaban ciudades ricas en agricultura, ganadería y muchas minas.

Una de ellas es Caraz, ciudad hermosa en el valle del rio Santa, con una vista preciosa del nevado del Huandoy. Doña Juana Torres Tejada y don Eduardo Méndez Milla junto a mis dos hermanos y dos hermanas vivíamos en la calle Yanachaca de ésta ciudad. Nuestra casa hecha de paredes de adobes se derrumbó y el segundo piso se vino abajo y hacia al frente. Prácticamente cerró las entradas de la casa y se nos hizo muy difícil salir.

Gracias a los ladridos de nuestro perro Pive, los vecinos nos escucharon y pudieron sacarnos al tercer día. Toda la familia se salvó pero la casa sufrió casi una destrucción total.

Mi padre con otros voluntarios levantaban cadáveres que el rio arrastraba hasta las orillas para después depositarlos en fosas comunes. Otros sobrevivientes se dedicaban a recoger sus pocas pertenencias que les quedaba. La electricidad que venía de una pequeña central hidroeléctrica. Los generadores se afectaron y el pueblo se quedó sin luz y agua por muchos meses. Toda la gente se quedaba como huérfanos del destino. Por la empedrada calle de Yanachaca se escuchaban los gritos de niños y personas que iban al rio a ver si un familiar encontraba.

Triste regresaban pero traían en unos bolsos papas que el rio dejaba en la orilla. Con esto aplacaban el hambre que ya empezaba a sentirse y los sobrevivientes nada tenían para alimentarse. Porque todos los caminos estaban cerrados y no había comunicación con nadie. Las líneas de teléfono y del telégrafo estaban destruidas al pasar la avalancha de fango y agua, arraso con los sembradíos de papa y lo único que flotaba eran estas legumbres que no solo se quedaban en la orilla, sino que germinaban en el fango.

El alcalde de la ciudad, señor Fernando Malaespina, reunió a todos los habitantes de la ciudad, en la plaza de armas. Quería que tuvieran calma y que lo escucharan para todos como una sola familia trabajáramos ayudándonos los unos a los otros. Pronto llegará de Lima alimentos y pertrechos para reconstruir la ciudad. Y continuó diciendo;

-       El presidio de esta ciudad se ha derrumbado. El edificio ha perdido todo los alimentos que teníamos en el almacén y la cocina se ha desmoronado. No hay quien prepare alimentos a 31 presidarios que llevan 5 días sin salir y comer nada. Yo necesito una persona voluntaria que les cocine y les lleve agua. A la persona indicada quiera hacerlo le proveeré lo poco que nos queda en la alcaldía como; papas, maíz, frijoles, harina de maíz y avena para hacer pan.

Todo el mundo se quedó en silencio. Algunas personas decían que se pudran y así paguen por todo el mal que hicieron a la sociedad. Nadie levanto la mano para ofrecerse para dar este servicio. Solamente una diminuta mujer levantó su mano derecha, era mi madre. Y dirigiéndose a todos los ciudadanos y al alcalde dijo;

-       Todos estamos pasando por una situación difícil todos queremos comer, queremos vivir ellos están en una cárcel. No pueden vivir sin alimentos. Estamos aquí para dar vida y por eso, yo voy a mi casa a prepararles la cena. Este no es momento de juzgarlos. La actitud de valentía y amor al prójimo sorprendió a todos los que le escucharon y silenciosamente se retiraron.

Mi madre y yo nos fuimos rápidamente a casa. Papá nos estaba esperando, fumándose un habano.

- Eduardo - dijo mi madre dirigiéndose a mi padre - Mezcla la harina de maíz y avena que vamos hacer pan. La levadura está en la repisa de la alacena. Pon leña en el horno de ladrillo y haremos pan de chuno (harina de papa) y asaremos papas. Yo me encargaré de hacer un puchero con carne de cordero y calabaza. Gracias a Dios que en la colca tenemos muchas papas que también podemos usarla cuando no hay pan, mas tenemos chuno y papa seca que siempre guardamos para emergencias como esta. Manuelito y yo les entregaremos papas a nuestros vecinos que se quedaron sin nada. Gracias a que tuvimos una buena cosecha este año y despúes llevaremos alimento a 31 presidarios con nuestra mula Lucero. Mi padre, un hombre muy severo y estricto exclamó;

- Juanita como te atreves son unos delincuentes. ¿Tú sabes el riesgo que estas tomando? Esta tarea es muy peligrosa –

- Eduardo, me ofrecí voluntariamente al alcalde para llevarle alimento a estos presidarios. No podemos dejarlos morir. -

Pensativo, mi padre se dirigió hacia el horno y empezó a hacer fuego con la leña que yo llevaba. Después que esta se convirtió en carbón. La removió del horno y empezó a hacer pan.

- Ah Juanita, eres una gran mujer - decía a medida que horneaba la masa.

En casa había una india llamada Yasinai. Vivía con nosotros y ayudaba a mi madre con la limpieza de la casa y trabajaba en la cocina.

- Yasinai, traedme una pierna de cordero que está en una bañera vieja llena de trozos de hielo que me trajo don Julián de los nevados del Huascaran

A las 6 de la tarde estaba el puchero que depositamos en dos ollas grandes de porcelana, la cerramos cuidadosamente y las pusimos una a cada lado de nuestra mula lucero. Yo llevaba el pan que había horneado mi padre. Yasinai llevaba cancha (maíz tostado) y peras que habíamos recogido del huerto de nuestra finca y papas asadas. Cuando llegamos a la cárcel nos hizo pasar el comisario. El fue el primero en servirse y también los dos carceleros. Los prisioneros abrazaban a mi madre llorando y muchos de ellos se arrodillaban besando su pollera en agradecimiento de esta noble causa.

El párroco de la iglesia que estaba orando al sentir el olor a puchero bendijo a mi madre y con un cucharon de madera. Procedió a servirse. Todos los hombres que estaban en la cárcel preguntaron;

- ¿Nos seguirán trayendo estos alimentos, Señora?

- Todos los días - dijo mi madre - hasta que el alcalde repare la estructura del edificio y la cocina y hayan nuevos empleados. –

Otras personas se unieron a mi madre llevando a los prisioneros medicinas como; botellas de yodo, aspirinas, quinua, quinina, jabones y muchos libros.

Después de 3 semanas el señor alcalde fue a la cárcel. Mamá y yo estábamos al lado de 29 prisioneros. Dos habían muerto por el rigor del frio y las enfermedades producidas por el cataclismo pero dejaron cartas de agradecimiento dirigidas a mi madre por su noble acción.

El señor alcalde refiriéndose a los presidarios les dijo lo siguiente;

-       Ustedes nunca pensaron que iban a pasar por estos momentos tan difíciles. Doña Juana no pensó en ustedes como presidarios. Pensó en salvarles la vida porque según ella Dios le dio un Corazón para amar al prójimo. Con esta actitud representa el valor humano.

Amor Maternal

Era para la década los años 40 cuando todavía era un adolecente. Recuerdo mucho que mi padre estableció unas reglas en la casa. Para estudio, trabajo y otras disciplinas, todas muy buenas. La contribución de mi madre era notable pues ella respaldaba estas reglas. Para mí, fue el primero y mejor seminario que he tenido en mi larga vida. Recuerdo que estableció una norma para el disfrute de la familia. Esto sucedía todos los fines de la semana.

Los domingos era un día especial. En la mañana íbamos a misa católica a la iglesia que estaba en el centro de la ciudad. Después, nuestro padre nos llevaba a almorzar a una picantería donde toda la familia disfrutaba. Para mi madre; eso era hermoso. Ella era la que disfrutaba mas pues ese día no tenía que cocinar.

El lugar estaba como a una legua de la casa. Era un sitio pintoresco fabricado de adobes y tejas sobre unas ruinas incas de roca caliza. Estaba en una esquina donde dos carreteras se cruzaban frente a un peñón, de 15 pies de alto, que a muchos nos gustaba subir para ver el paisaje de la serranía.

La picantería, un restaurante comedor, estaba rodeado en su exterior de árboles de guayaba, duraznos y manzanas. En el patio en su centro había un gazebo típico donde estaban las mesas labradas de piedra y al derredor de ellas, sillas rusticas de madera con espaldar y asientos tejidos con paja carrizo. De ahí se podía divisar un pequeño lago donde había patos silvestres y cisnes. Más allá, cerca de un batan de piedra estaban las ollas de barro que hervían las mazorcas de maíz. Una sartén de barro tostaba los granos de maíz que nosotros llamamos cancha. Muy cerca había un fogón en la tierra que asaba las papas para el almuerzo del día. Pero lo más importante de éste almuerzo o cena era el famoso charqui cocido en barbacoa sobre unas crucetas de hierro viejo sujetas lateralmente sobre unos bloques de ladrillo. Ahí se cocinaba al carbón el charqui. El charqui es carne de res o cordero secada en lonjas al sol en un proceso especial. No faltaba en la mesa el famoso huacatay (salsa de una yerba molida con rocoto que es un ají picante con especies y limón).

La dueña, del negocio, esposo e hijos servían a los comensales. Lo primero que ponían sobre la mesa era la chicha morada, un refresco muy agradable. Esta bebida era mayormente para los niños. Para los mayores se servía una jarra de chicha de jora. Esta bebida era hecha de maíz germinado y secado al sol. Se fermentaba y la hervían para después ponerla en tinajas de barro por 2 meses antes de su consumo. Los comensales se mareaban con dos o tres vasos.

No faltaba en esta picantería la música de los valses criollos de Felipe Pinglo Alva y la marinera costeña que tocaban en una vitrola de la década de los años 20 con discos duros de 32 pulgadas de diámetro. A veces venían con sus charangos, arpa, flautas y tamboriles. Los clásicos grupos que tocaban huaynitos y marineras disfrutaban con los comensales la sabrosa charqueada.

Al empezar la cena, nos servían ensaladas de cereales y vegetales sazonados con limón y aceite de oliva. Por lo general la ensalada llevaba **pallares,** garbanzos, berros, rabanitos, mucha lechuga y cebollas y cebollines. Zanahorias hervidas y mucha aceitunas negras bañadas en vino tinto. Después venía el plato principal, el charqui con camote, papas asadas y los sabrosos choclos (maíz verde hervido). En fin para nosotros era un delicioso banquete que disfrutábamos con toda la familia junto a familiares de los agricultores del área y con viajeros que solían pasar y parar en aquel mesón.

Casi llegando a las 7 de la noche estábamos preparándonos para irnos cuando escuchamos a unos jóvenes gritar; – Ahí están, ahí están –

Yo salí corriendo a ver lo que pasaba y note qué muchas personas habían subido al peñón de la esquina y observaban hacia la salida de la Luna. Entre los dos picos nevados del Huandoy, en un abierto cielo, la tenue luz de la Luna alumbraba el desfiladero por donde había montañas de vegetación corta.

Yo también me subí al peñón. Desde ahí pude notar que a lo lejos iban caminando con el puma un animal pequeño que parecía su cría. Pero ésta compañía era rara pues la cría tenía el cuello largo y no se parecía en nada al puma. Entonces el señor Ortiz les dijo yo siempre cuento esta leyenda a los jóvenes cuando ven a una vicuña caminar junto con un puma cuando el puma siempre está cazando estos animales para comérselos.

-      ¿Por qué no les cuentas estas historias a estos jóvenes? – le dijo el loro que el llevaba en su hombro derecho. Si dijo el canario que revoloteaba por ahí. – Yo también quiero saber –

- Está bien, está bien les contaré -

El señor Ortiz dijo; – pongan mucha atención a esta leyenda, jóvenes, porque esta es una leyenda de amor maternal. Quizás el Puma mate a otros animales pero él y la vicuña son amigos -

Después que todos obedecimos y nos sentamos en el peñón. Solamente alumbrados por la luna llena que también el reflejo de su luz asomaba por las hojas de un hermoso árbol de Capuí. Recostado sobre ese viejo árbol el señor Ortiz acariciando su larga y blanca barba empezó a relatarnos.

- Lo que sucedió según me contaran mis abuelos que durante el virreinato allá por los años 1622 y hasta finales del año 1698. Muchos españoles buscaban riquezas y se peleaban entre ellos para apoderarse de las ricas tierras que cultivaban desde la época de los incas los indios del Perú. Estas actividades hicieron florecer la agricultura cultivando en el callejón de Huaylas; papas, maíz, calabazas o zapallos frijoles, pallares, ají, maní, quinua amaranto, lúcumas y Ollucos.

- Junto a estos aventureros iban también cazadores de Alpacas y Vicuñas. Estas personas usaban para la caza furtive Mosquetes y

Arcabuzes. Despúes que mataban a estos animales le sacaban la piel y las juntaban para venderlas en los muelles del Callao a marineros que llevaban su carga a la península ibérica donde recibían buena paga. Pero una noche se acercaba por la arboleda llena de cipreses, abetos, pinos y cedros, una puma hambrienta. Igual que los mosqueteros venía a cazar su presa pero de pronto escuchó disparos y rápidamente el animal astutamente se escondió detrás de un pino y observaba como estos cazadores descuartizaban a las alpacas y vicuñas y dejaban los cuerpos inertes y solos se llevaban las pieles.

-        Despúes que se alejaron los cazadores el puma sació su hambre con los despojos que yacían en el terreno. Cerca de ella una inocente vicuña como de 2 meses de nacida permanecía parada ignorando todo lo que sucedía. Entonces la puma pensó; – por qué no llevarme éste animal para despúes devorarlo con mis crías. Se acercó al bebe vicuña la cogió suavemente con sus dientes de la parte trasera del cuello y se alejó entre los arbustos, llanos y riachuelos. Fue a su cueva y notó que estaba lleno de fango producto de los deshielos y avalanchas que sucedían durante ésta época de verano.

Entro con su presa y empezó a buscar sus crías. No estaban parece que con la lluvia y el fango, temerosos y con hambre, salieron sin pensar en el peligro que corrían las pequeñas crías. Lamentablemente sus crías se cayeron por el desfiladero y yacían muertas en las cercanías a los eucaliptos en la playa del río.

La madre Puma bajo y trató de moverlos a ver si todavía vivían y al ver que no se movían regresó con paso lento y la cabeza extremadamente agachada. Llegó a su cueva y se recostó a descansar pero la tristeza de la pérdida de sus hijos queridos le inundo ojos y lágrimas goteaban por su peludo rostro.

La Vicuña que estaba hambrienta y con sed empezó a lamer el rostro de la puma y sin temor se acostó entre las patas del feroz animal. Sintió olor a leche. Las ubres de este animal le hacía presión y por ello salían gotas de vida, gotas de amor maternal.

La vicuñita hambrienta al sentir el olor a leche fresca se pegó a una ubre y empezó a alimentarse ordeñando a la puma. El amor maternal de la puma hizo que con sus patas acercara al frágil bebe y durmiera toda la noche más tranquila.

Al día siguiente la vicuña seguía alimentándose de su madre adoptiva que esta vez la protegía. Una noche les dijo una lechuza; – "Escuchadme amigos nuestro dios Inti me encargo les dijera que por esa acción tan maternal ustedes caminaran juntos por los andes protegiéndose y como buenos amigos.

Las Hormigas Gigantes de Yungay

Bobby y su padre habían llegado a <u>Yanachaga</u> y vivían cerca a la escuela elemental de la ciudad donde yo estudiaba el sexto grado. Ellos eran ingleses y yo hice amistad con Bobby. Un día él me presentó a su padre. Un señor de pelo rubio que llevaba un sombrero de vaquero.

- Mi padre se llama Robert Mc Closki, él es un geólogo. Vinimos a estas tierras a hacer unas investigaciones – dijo Bobby

- ¿Y ese oso que está al lado de él? – yo pregunté

- Es nuestra mascota. Es un oso hormiguero – me contestó – Es del África y un día te hablaré de él.

Dos semanas más tarde sentí unos golpes en el zaguán de nuestra casa hacienda. Era Bobby con su mochila, botas de trabajo y una correa atada a su mascota el oso hormiguero.

- No le tengas miedo, es muy noble y se llama Calalú. Vengo a invitarte para que visites las minas que tenemos en Yungay ¿Te gustaría ir con nosotros Eddy? –

- Me entusiasma esta invitación Bobby. Pero primero pediré permiso a mi padre – le conteste

El día que salimos de viaje íbamos en un autobús y nos tomó 6 horas llegar a las minas de Yungay, ciudad cercana a los valles del Huascaran, uno de los nevados más alto de la cordillera de los Andes.

Cuando llegamos a las minas había otro oso hormiguero esperándonos. Nos saludó a todos. Yo permanecí en silencio escuchando la conversación que tenían Bobby con el oso hormiguero que estaba cuidando las minas.

- ¿Bobby, donde están las hormigas gigantes? – le preguntó

- Las he dejado salir para que coman los hongos saturados de miel de abejas que caen de la colmena que está encima de la choza. –

Las hormigas median una pulgada de largo y alguna de ellas salieron de la mina arrastrando cuatro bolsas con pepitas de oro. – Aquí esta lo que recogimos esta semana – dijo el guardián de la mina que era otro oso hormiguero.

Bobby se acercó al guardián y empezó a hablar en un extraño idioma. Pero una de las hormigas preguntó a Bobby; – ¿Cuándo traen el espejo de cuarzo? -

-       Mi padre contrató a una compañía de Arequipa para que lo fabrique y estará aquí aproximadamente en 4 semanas. Yo me encargaré de traerlo – contestó Bobby

-       Me gustaría saber qué es lo que pasa aquí. Nunca he oído hablar de hormigas gigantes – le dije a mi amigo.

Mi amigo prosiguió a relatarme la historia de estas hormigas…

—

Eddy, originalmente estas hormigas eran mineros humanos que trabajaban como esclavos en las minas de oro para el rey brujo de Etiopia llamado Presta Juan. Él tenía mucho poder en África y a estos mineros los trataba con crueldad.

Un día, decidieron irse y aprovecharon el velero de mi padre que había anclado en la bahía. Ellos en un descuido del capitán se escondieron en la sentina del velero.

Al darse cuenta, el rey se acercó al espejo mágico que tenía en su palacio y preguntó; – ¿Espejito, espejito donde están mis esclavos? -

-        Están en un velero llamado Aventura viajando hacia el mar de las Antillas. No los volverás a ver jamás – dijo el espejo mágico.

El rey furioso ordenó al espejo mágico; – Convierte a esos mineros en hormigas y a los capataces en osos hormigueros –

Mi padre que es dueño del velero y yo los ayudamos a escapar y vimos cómo cada uno de ellos se iban convirtiendo en hormigas gigantes de una pulgada de largo. Es por eso que juntos llegamos a América. Luego escogimos el mejor lugar para vivir en la cordillera de los Andes, en los valles de Yungay, cerca de unas montañas rocosas. Aquí fue que descubrimos estos valles áridos y la mina.

—

-        Yo le pregunté a Bobby; ¿Cómo pueden convertirse otra vez en humanos? –

Una de las hormigas gigantes respondió; – solamente pasando por el centro de un espejo de cuarzo –

Entonces Bobby dijo; – Papá se está encargando de eso –

Pasaron unos meses y Bobby vino a mi casa.

-      Eddy, Eddy, mi padre trajo el espejo de cuarzo y mañana lo llevaremos a Yungay ¿quieres ir con nosotros? –

-      Naturalmente que sí –

Cuando llegamos a las minas el oso hormiguero estaba esperándonos. Nos saludó moviendo el rabo de alegría.

-      ¿Dónde están las hormigas? – preguntó Bobby –

-      Muy pronto estarán con nosotros para ver el espejo – contestó el oso hormiguero

En la distancia una mula arrastraba un carruaje con una carga pesada. La preciosa carga, el espejo, estaba totalmente cubierto con un cartón oscuro y una manta para que no le reciba rayos solares.

El espejo fue colocado verticalmente recostado a la montaña. La manta oscura fue removida y espejo habló; – ¿Qué quieren ustedes? Lo que me pidan yo cumpliré pero ustedes me dejaran en las montañas rocosas para que la nieve me cubra y el rey brujo jamás me encuentre –

Todos aceptaron el pedido del espejo y empezaron a pasar por el centro del espejo convirtiéndose en seres humanos.

Los mineros, en agradecimiento a la familia Mc Closky, siguieron trabajando para sus minas por toda la cordillera de los Andes.

El Árbol de mi Casa está muy Triste

En 1942 yo estaba en sexto grado. El profesor Anastasio Quisperan nos recordó que el domingo 21 de agosto íbamos a celebrar el día del árbol. Ese mismo día el profesor nos pidió que les preguntáramos a nuestros padres si podrían obsequiar nuestra casa para la actividad.

Todos los estudiantes escogieron un lugar apropiado para celebrar el día del árbol durante el día escolar. Como todos mis amigos ya habían estado de visita en mi casa, mis amigos de la escuela sugirieron que les pidiera permiso a mis padres para celebrar ese día bajo la sombra de nuestro <u>árbol de lúcumas</u>. Lúcuma es una fruta nativa del Perú.

Esa tarde, después de la escuela, yo y mis amiguitos decidimos ir a pedirles permiso a mis padres. Mis padres estuvieron de acuerdo.

La lechuza que estaba en la rama del árbol nos miró; – ¿Le han pedido permiso a él? - preguntó la lechuza.

-        ¿A quién? – preguntamos nosotros

-        A mí por supuesto – contestó **Lúcomo** el árbol – Yo estoy de acuerdo con que ocupen mi espacio porque yo también disfrutaré mi día junto con mis amigos las manzanitas, las peras y los tulipanes –

La lechuza que jugueteaba con las luciérnagas, se acercó a nosotros junto con el colibrí y el pájaro carpintero; – nosotros también estaremos aquí, porque en estas ramas vivimos –

-        ¿Habrá conjuntos musicales? – pregunto el árbol

-        Por supuesto, y también variedad de refrescos y alimentos – contestó mi amigo **Huiscarin**.

-        Yo voy a invitar a todos mis amigos a que revolotean por entre mis ramas y anidan en ellas. Todo aquel que quiera estar ese día con nosotros será bien recibido. No dejen mi espacio lleno de basura. Hay que mantener estas tierras limpias – les recordó el árbol.

Llegó el domingo 21 de agosto y empezó el jolgorio. Todos bailábamos y cantábamos. Mi árbol también disfrutaba y nos agradecía bajando sus ramas y con sus verdes hojas besaba nuestros rostros.

De pronto llegó una perrita, hermosa y hambrienta.

-        ¿Qué te pasa, estas perdida? – le preguntamos al unísono.

-        Si estoy perdida me llamo Estrellita. ¿Hay espacio para mí? – preguntó – tengo hambre.

-        Dale un pedazo de carne curada Eduardito – dijo el árbol. Dirigiéndose a la perrita **Lúcomo** le dijo; – te quedaras aquí y nuestros amigos te construirán una casita junto a mi tronco y yo cuidaré de ti -

Después de terminada la fiesta nos retiramos temprano pucs para ir a descansar y estar listos para empezar clases al día siguiente.

Días más tarde, mientras tomábamos clases en la escuela la lechuza llegó volando y entró al salón de clases por una ventana abierta y se paró en el espaldar de una silla. Nos miró con sus grandotes ojos y sonriente nos dijo; – amigos, les tengo una agradable sorpresa. Estrellita parió cuatro cachorros y el árbol se siente abuelo. Los pétalos de los <u>tulipanes</u> abrazan a los recién nacidos.

Todos nos sentimos felices y queríamos ponerles nombres a los cachorros. Sarita sugirió que como ella Estrellita se refiere a una estrella en el firmamento, deberíamos ponerle nombres como; Saturno Neptuno, Venus y Marte. Todos estuvimos de acuerdo y fuimos a llevarles regalos a los recién nacidos.

—

Era una mañana de invierno, que me levante temprano para ir a la escuela, sentí una sacudida en mi cuarto. Era un terremoto. Asustado, miré por la ventana mientras otro terremoto más fuerte hizo que el árbol **Lúcomo** se inclinara mientras sus raíces sobresalían sobre la superficie. Observe también que los arbustos y las peras estaban por el piso. Mi mascota, el cabro Pepe entró a la casa y mamá estaba llorando.

-        ¡Es un terremoto! – me dijo –

Minutos más tarde vino la calma. Había derrumbes por todas partes y la gente corría. Cerca al zaguán de la casa estaba tirada Estrellita debajo de unos adobes. Solo sus crías estaban vivas. Todo el pueblo que la quería lloraba por ella.

Los días pasaban y veíamos como nuestro árbol se iba inclinando poco a poco dejando caer sus hojas secas. Ya no florecía. Los pocos frutos que quedaban caían verdosos e inmaduros. Tampoco estaba Estrellita, solo quedaban de ella sus crías Neptuno y Venus. Las aves se ausentaron, los nidos ya no estaban.

-        ¿Qué está pasando? – pregunté a mi madre que estaba llorando – ¿Porque el árbol de nuestra casa está muy triste? –

-        Porque sabe que muy pronto se alejara de nosotros – me contesto

Una nube pasó con una leve llovizna y parecía que nuestro árbol de **Lúcomo** nos decía adiós.

Sarika

El cielo y las nubes acariciaban a la humilde indiecita que lloraba al saber que estaba sola. La vicuña que la observaba tuvo piedad de la niña y se acercó ofreciéndole su amistad.

\- Yo te quiero Sarika, y sufro cuando tú lloras. Dime, ¿Qué fue lo que te pasó? –

\- Mis padres y yo estábamos cruzando el rio cuando las turbulentas aguas se llevaron a mis padres y yo me quede perdida en la orilla. No sé dónde estoy y no sé lo que ha pasado con ellos.

De una montaña salió una voz misteriosa; – A tus padres Sarika el rio se los llevó por el túnel – era el murciélago que vivía en una cueva.

-       ¿Están vivos? – preguntó la vicuña.

-       Pregúntenle al árbol brujo que está en el cañaveral del rio – contestó el murciélago

-       Árbol brujo, visionario y majestuoso; ¿sabéis donde están mis padres? – pregunto Sarika.

-       Tus padres Sarika, están vivos. El rio los llevó a través del túnel y salieron por el camino de los chasquis (correo). Para llegar hasta ese lugar tienen que pasar por encima de las montañas hasta llegar al final del túnel -

Comprendiendo cuán importante es este viaje la vicuña llamó a la llama. La llama se acercó a Sarika y esta se montó en ella y empezaron a caminar. Acompañados por mariposas y aves de la cordillera hasta llegar a la salida del túnel. Corriendo venia un chasqui, que al verlos pregunto; – ¿Quién es Sarika? –

-       Yo soy Sarika señor –

-       Traigo un mensaje para ti. Está en quechua (Idioma de los indios). Te lo voy a leer;

-       *Sarika, hija, estamos vivos. El rio nos llevó hasta un lago. Donde los Maracuyá nos protegen del monstro anaconda .Para salir de aquí necesitamos ayuda.*

Sarika se sintió alegre y preocupada. – Quiero salvar a mis padres –

-      El lago está cercano. Debemos ir lo más rápido posible – comento la vicuña

Las espinosas pencas escucharon al chasqui, a Sarika y a la vicuña. – De regreso si el monstro los persigue bajen por el desfiladero que nosotros estaremos esperando al monstro -

Después que Sarika liberó a sus padres, bajaron por el desfiladero. La enorme anaconda, furiosa y rugiendo empezó a perseguirlos. Las pencas que la estaban esperando atravesaron su cuerpo con puntiagudas hojas, cayendo por un enorme barranco y desapareció.

De regreso a Huaraz, ciudad donde nació Sarika, todo el montañoso lugar que estaba silencioso volvió a convertirse en un lugar bello y hermoso. Las plantas reverdecieron, los animales caminaban feliz por el pueblito de Huaraz. Las personas cantaban glorificando a la niña Sarika, heroína de la cordillera de Los Andes.

Nota del Autor

La labor más importante de los adultos es educar a nuestros niños a respetar nuestro entorno y el medio ambiente. Cuando sembramos un árbol y este va creciendo, sentimos el esfuerzo y valoramos cuán importante es cuando crece y nos da el oxígeno para la vida en el planeta. Así los niños van teniendo conciencia para la naturaleza y detener el deterioro del planeta.

Sobre El Autor

Eduardo Méndez, de 84 años de edad, es uno de los más prolíferos escritores de cuentos infantiles para niños de nuestra época. Con más de 100 cuentos infantiles publicados y dos libros de cuentos infantiles Eduardo comenzó a escribir cuentos luego que su neurólogo le recomendó que para evitar la enfermedad de Parkinsonismo debería de mantener su mente ocupada. Hoy en día Eduardo tiene una audiencia de lectores de más de 4000 lectores a través de su website http://www.LosCuentosInfantiles.com

Eduardo Méndez

Eduardo Méndez nació en el pueblo de Caraz, del departamento de Ancash, y se educó en Lima, Perú. Desde niño, Eduardo escuchaba las narraciones de su padre Eduardo Méndez Milla; viajero incansable. Su padre empezó a trabajar a los 17 años como timonel en veleros y navegó derredor del mundo por siete consecutivos años. Los relatos de las aventuras de su padre abrieron la imaginación e interés del pequeño Eduardo.

Así, su interés y estudio de la historia del mundo, geografía, ciencias y escritura se convirtieron en su mayor entretenimiento. Su primer manuscrito, "Amor Maternal", lo escribió a los 18 años el cuál sorprendió a los educadores de su pueblo natal.

Después de emigrar de su país natal hacia los Estados Unidos, Eduardo estudia en "Chicago Technical College" graduándose de ingeniería mecánica. Después de una fructífera y creativa larga carrera como ingeniero, Eduardo decide dedicarse a su pasión de niño, escribir libros de cuentos.

Otros Libros de Cuentos

Cuentos Infantiles Puertorriqueños

Made in the USA
San Bernardino, CA
10 April 2018